curio¿idad por

LAS ARTES MARCIALES

POR LISA M. BOLT SIMONS

AMICUS LEARNING

¿Qué te causa

curiosidad?

3

CAPÍTULO TRES

Competir en artes marciales

Curiosidad por es una publicación de Amicus
P.O. Box 227, Mankato, MN 56002
www.amicuspublishing.us

Editoras: Grace Cain and Megan Siewert
Diseñadora de la serie: Kathleen Petelinsek
Diseñadora de libro y investigación fotográfica: Emily Dietz

Library of Congress Cataloging-in-Publication Data
Names: Simons, Lisa M. Bolt, 1969- author.
Title: Curiosidad por las artes marciales / by Lisa M. Bolt Simons.
Description: Mankato, MN : Amicus Learning, [2025] | Series: Curiosidad por los deportes | Includes index. | Audience: Ages 6–9 years | Audience: Grades 2–3 | Summary: "Conversational questions and answers share what kids can expect when they join martial arts, including what to wear, what competitions are like, and which style is best for a beginner. A Stay Curious! feature models research skills while simple infographics support visual literacy. Includes glossary and index"—Provided by publisher.
Identifiers: LCCN 2023045305 (print) | LCCN 2023045306 (ebook) | ISBN 9781645499602 (library binding) | ISBN 9798892000109 (paperback) | ISBN 9798892000536 (ebook)
Subjects: LCSH: Martial arts—Juvenile literature. | Hand-to-hand fighting—Juvenile literature.
Classification: LCC GV1101.35 .S5618 2025 (print) | LCC GV1101.35 (ebook) | DDC 796.8-dc23/eng/20231025

Photo Credits: Adobe Stock/ain, 22, 23; Alamy/Mark Edward Eite, 8, Split Seconds, 17; Getty/Cavan Images, 2,14, Frazer Harrison, 21, Michael Ochs/ Stringer, 21; iStock/AnnaStills, 10, 11, apfDesign, 6, artpipi, 2, 8, DanielBendjy, 9, diane555, 5, FatCamera, 5, Gerville, Cover, 1, PeopleImages, 20, slobo, 3, 16, Stefan Tomic, 18; Pexels/RDNE Stock project, 12, 13, 19; Shutterstock/Andrea Raffin, 21, GoodStudio, 15, Kathy Hutchins, 21, Krakenimages.com, 7, nikiteev_konstantin, 22, 23, Vladimir Vasiltvich, 9; Wikimedia Commons/Cecilia Wang, 21

Impreso en China

CAPÍTULO UNO

¿Por qué las artes marciales se llaman "artes" y no "deportes"?

Las artes marciales son **artes visuales**. Los movimientos pueden parecer un baile. La meta final no es la violencia. En lugar de ello, los alumnos se enfocan en la **autodisciplina**. Las habilidades físicas se usan para **defensa personal**.

Vestir de un solo color simple mantiene el foco en los movimientos que haces.

¿SABÍAS QUE...?

La mayoría de las artes marciales de la actualidad empezaron en China, Corea y Japón.

¿Qué es un gi?

Un **gi** es un uniforme. Consiste en pantalones holgados y una camisa para que puedas moverte con facilidad. Un gi suele ser blanco, azul o negro. Con el uniforme, usarás un cinturón de algún color. Ese cinturón indica tu nivel de habilidad. Los principiantes usan cinturones blancos. Generalmente, el nivel más alto es el cinturón negro.

¿SABÍAS QUE...?

En el taekwondo se usa equipo protector para hacer sparring. Hay un casco y un chaleco acolchados. Los alumnos también usan guantes y protectores en los pies.

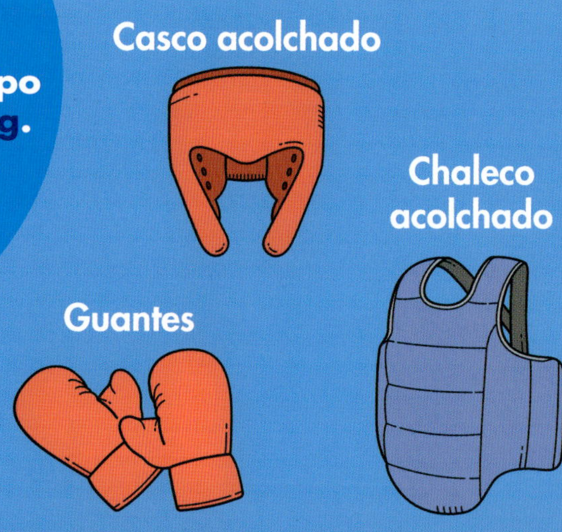

Se necesita mucho entrenamiento para ganar un cinturón negro.

El karate se centra en usar tus manos y piernas como armas.

¿Usaré armas?

En el kyudo se usan un arco y flechas.

En el kendo se usan espadas de madera y, a veces, armadura.

En la mayoría de los estilos no se usan armas. Usas tu cuerpo. "Karate" significa "mano vacía". Pero en algunas artes marciales se usan herramientas. En el kyudo se usan arcos y flechas. En el kendo se usan espadas de madera. Necesitarás un protector bucal para hacer sparring.

Hacer sparring forma parte de las competencias de taekwondo.

¿Qué es un dojo?

Hacer una reverencia hacia tu contrincante antes de un combate es un acto de respeto.

Un **dojo** es un espacio grande. Puede ser un gimnasio o un edificio completo. Es el lugar donde tomarás las clases. Allí trabajaras para desarrollar tus habilidades. Tiene espejos para observar tus movimientos. Los pisos acolchados ayudan a evitar que te lastimes.

Puedes empezar a practicar artes marciales a cualquier edad.

¿Cuándo puedo empezar a practicar artes marciales?

¡Ahora mismo! Algunos dojos tienen clases cortas para niños de preescolar. Muchos niños y niñas se unen a la edad de seis años. Es una buena forma de ganar fuerza y **confianza en ti mismo**. Asegúrate de poder prestar atención. Al principio, el instructor te enseñará movimientos sencillos.

¿Qué estilo es el mejor para mí?

Aprender el equilibrio es importante para diferentes estilos de artes marciales.

¡Elige uno que sea divertido! Y que, además, sea un desafío para ti. Puedes probar diferentes estilos. El taekwondo fortalece tus piernas. Aprenderás patadas y equilibrio. También aprenderás **consciencia plena**. El judo te enseña a inmovilizar a alguien contra el piso. También te enseña esfuerzo y **honor**. ¡Podrías probar más de uno!

JIU JITSU
AGARRAR O INMOVILIZAR

KARATE
GOLPEAR Y BLOQUEAR

TAEKWONDO
PATADAS

JUDO
AGARRAR O INMOVILIZAR

AIKIDO
DERRIBAR, GOLPEAR, INMOVILIZAR

CAPÍTULO TRES

Competir te permite poner a prueba tus habilidades.

¿Tengo que competir?

Observar competencias puede ayudarte a saber más sobre diferentes estilos de artes marciales.

¿SABÍAS QUE...?

El taekwondo es el arte marcial que más recientemente se unió a las Olimpiadas. Lo agregaron en el año 2000.

No. Pero las competencias son un gran parte de las artes marciales. Así demuestras lo que has aprendido. Competir te ayuda a lidiar con el estrés. Además, te permite observar y aprender de los demás. Las competencias te ayudan a convertirte en un mejor artista marcial.

Los instructores te retan para que mejores tus habilidades.

¿Quién me enseñará?

Alguien que conozca bien ese estilo. La mayoría de los instructores tienen múltiples cinturones negros. Busca a un instructor con quien te sientas cómodo. Te enseñarán en las clases y te entrenarán en las competencias. ¡Tu instructor debe de ser alguien positivo y que te inspire!

Tu instructor(a) te enseñará todas las habilidades físicas y mentales que necesitas.

¿Puedo tener un cinturón negro?

Hay diferentes colores de cinturones. Cada color es un nivel diferente.

Sí, ¡si trabajas duro! Haces exámenes para cambiar de cinturón y pasar al siguiente nivel. Respondes preguntas y demuestras tus habilidades. Toma años conseguir un cinturón negro. Implica trabajar duro. Tendrás que aprobar muchos exámenes. Pero vale la pena. ¡Las artes marciales ayudan a tu cuerpo y a tu mente a hacerse más fuertes!

ARTISTAS MARCIALES FAMOSOS

Bruce Lee

Donnie Yen

Jackie Chan

Chuck Norris

Jessie Graff

¡MANTÉN TU CURIOSIDAD!

HAZ MÁS PREGUNTAS

¿Uso algún calzado?

¿En qué es diferente el karate de otras artes marciales?

Prueba con una PREGUNTA GRANDE: ¿Cómo las artes marciales mantienen saludables tu mente y cuerpo?

BUSCA LAS RESPUESTAS

Busca en el catálogo de la biblioteca o en el Internet.
Pueden ayudarte tus padres, un bibliotecario o un maestro.

Usar palabras clave
Busca la lupa.

Las palabras clave son las palabras más importantes de tu pregunta.

Si quieres saber sobre:

- si usas algún calzado, escribe: USAR CALZADO EN ARTES MARCIALES
- en qué es diferente el karate, escribe: KARATE VS TAEKWONDO

GLOSARIO

arte visual Arte creativo cuyos productos se aprecian mediante la vista.

autodefensa Habilidades que te hacen capaz de protegerte a ti mismo durante un ataque.

autodisciplina La capacidad de obligarte a ti mismo a hacer cosas que deben hacerse.

confianza en ti mismo Sentir o creer que puedes hacer algo bien.

consciencia plena Estar consciente de los propios pensamientos, emociones y vivencias.

dojo Una escuela para enseñar a las personas diferentes formas de artes marciales.

gi Un uniforme ligero de dos piezas, generalmente pantalones holgados y una chaqueta que llevan un cinturón de tela.

honor Altos estándares morales de comportamiento.

sparring Pelear con alguien como una forma de entrenamiento o práctica.

ÍNDICE

Acerca de la autora

Lisa M. Bolt Simons es una escritora y educadora jubilada que vive en Minnesota. Ella nunca ha tomado clases de artes marciales pero, después de hacer su investigación para este libro, piensa que debería. Durante más de una década acompañó a sus hijos gemelos, Jeri y Anthony, en los deportes y le encanta escribir libros infantiles.